AF142971

DU MÊME AUTEUR

Bretagne Sud, presqu' Ile de Quiberon, Books on Demand, 2017.

Le potager de Suzanne, Books on Demand, 2017.

Balade sur la Côte d'Emeraude, Books on Demand, 2017,

Les doris sur la Rance, Books on Demand, 2017.

Les grands voiliers au Havre, Books on Demand, 2017.

Le Pibroc'h de Cancale, Books on Demand, 2017.

La marine fluviale à Orléans, Books on Demand, 2017.

Une bisquine à Cancale, Books on Demand, 2017.

Vivre à Mayenne, Books on Demand, 2017.

Laval, le jour et la nuit, Books on Demand, 2017.

Joël Douillet

Le cabinet noir de River City

Nouvelle

BoD

Editeur : Books on Demand, 12/14 rond point des Champs Elysées, 75008 Paris
Imprimeur : Books on Demand, Norderstedt, Allemagne
Dépôt légal : janvier 2017. ISBN : 9782322082520

Il nous est intolérable qu'une pensée erronée puisse exister quelque part dans le monde, quelque secrète et impuissante qu'elle puisse être. Georges Orwell.

Le froid polaire s' était déplacé vers la Norvège, lumière douce, crachin breton version intimiste, immeubles dans une brume colorée, lumières de Noël. Je traversais le pont, Come Undone de Duran Duran dans la tête, un tube du début des années 90, quelle classe le chanteur ! Des particules de plaisir irradiaient mon corps, mon gros rhume était en phase finale grâce aux conseils prodigués par Eléo, mes maux de dents n'étaient plus qu'un mauvais souvenir, je me sentais léger et invincible, complètement dans l'être au monde, un ange gardien guidait mes pas, le réel n'avait qu'à bien se tenir, j' étais debout !

Tiens, mais c'est Miss Nell là-bas, une fois de plus elle va faire comme si j'étais un fantôme, ne pas me remarquer, ne pas dire bonsoir, rester dans sa fierté de première de la classe, alors que je la connais depuis longtemps. Je la voyais passer quand j'étais en terminale à River City, fin des années 70 (l'année de la sortie de l'album éponyme de Stevie Winwood), sur son petit vélo, place de l'heure bleue, sa rue n'était pas très loin, une escapade à la Modiano. A chaque fois que je la croisais (Peu de fois dans l'année, elle passait le plus clair de son temps dans sa forteresse, une maison confortable en plein centre ville), je pensais à la superbe vidéo « Fjernsynet » du groupe Gundelach basé à Oslo, une femme au corps souple en train de faire sa gym dans sa maison au confort douillet.

Les femmes cancer sont d'une sensibilité exacerbée et peuvent être d'une grande froideur et d'une grande dureté. Apprivoiser, prendre et jeter ; trilogie existentielle qui suppose quand vous êtes l'objet jeté, d'avoir un mental blindé, d'avoir une force, peut être au-delà de l'humain.

Elle pouvait se comporter comme si vous n'existiez pas, à cause de deux ou trois broutilles qui n'étaient pas à sa convenance. Même à son âge, fin de la cinquantaine, elle était une des plus belles femmes de la ville, une femme très sollicitée, physique mince, elle marchait avec légèreté, mains d'une grande finesse, visage d'une beauté toute en douceur, genre adolescente, avec ses cheveux courts, on pensait à Audrey Hepburn photographié par Philippe Halsman en 1955, ou encore, quand ses cheveux étaient mi-longs, au visage de la Vierge à l'Enfant de Filippo Lippila.

Mais étais-ce une vierge ou une lavandière ? Les deux, sans doute ! Son gros défaut : elle ne supportait pas qu'on puisse avoir un point de vue différent du sien, il fallait rester dans sa pensée à elle et ne pas la ramener. Une dominatrice non assumée cachée derrière un visage d'ange ?

Je me retrouvais, je ne sais pas pourquoi, devant l'unique librairie de la ville, je n'avais rien à y faire de spécial, j'y entrais quand même pour voir si mon livre sur River City était encore visible en rayon, un livre de photographies réalisées dans les années 2028-2037, reportages sur les événements les plus sympas, plus des prises de vues avec des lumières du soir, notamment avec la fameuse heure bleue, un travail intensif de prises de vues, uniquement à mon initiative ; pas la moindre commande de la ville, le boycott le plus total ! Avec en plus, de manière continuelle, des pratiques de com visuelle plus que légères allant jusqu'à la contrefaçon, sans oublier le culot de prendre les photographes amateurs pour des pigeons via la mise en place de concours photo destiné à alimenter les supports de com touristiques, du travail payé avec des cadeaux ! Donner ses travaux : la bonne attitude à avoir pour l'orthodoxie locale.

En période électorale ils allaient jusqu'à décorer leurs feuilles avec des visuels libre de droit à trois francs six sous, ils mettaient en avant leur souci du plein-emploi pour les habitants de la région, tout en illustrant leur propos avec des photos de jeunes gens résidant aux USA ou en Russie, mascarade, ils roulaient pour leurs emplois à eux, seul comptait leurs carrières à eux.

La librairie, un des seuls commerces ayant survécu en centre-ville avec un bar-resto de plats surgelés, un marchand de baguettes réchauffées et un magasin de fringues de luxe, magasin tenu par une jolie femme aux cheveux châtains et aux formes bien rebondies. Le libraire, un pro et un bon commercial ; son espace de vente était devenu assez important au fil des ans, il arrivait à tenir le coup face à la Méga surface en bordure de ville, Méga surface où on trouvait tous les auteurs à succès, l'inévitable Miss kolle, l'autre avec son chapeau, et le non moins inévitable auteur-producteur de best-sellers qui vendait des milliers d'exemplaires à chaque parution.

Tiens mais c'est Mr Takeman que je vois de dos, il regarde mon livre, scellé dans un plastique, çà l'ennui visiblement de ne pouvoir le feuilleter, il le repose en le plaçant sous un autre livre, il le planque sous un livre de JL Trassard, incroyable ! Il ne m'a pas remarqué, je sors de la librairie vite fait et poireaute à proximité. Deux minutes plus tard, il est devant moi, sans le moindre achat, me serres la main en se courbant tout souriant, me dit qu'il va acheter mon livre sur Books on Line, je lui précise que mon livre est disponible à quelques mètres dans un commerce qu'il vient de quitter...
Moment balzacien ! La comédie humaine est riche de comportements en tout genre, c'est le sel de la vie, on s' ennuierait autrement !

À chaque fois dans ce genre situation, j'avais l'impression que mon ange gardien y était pour quelque chose, me placer dans une situation où éclate la vérité , en l'occurrence celle de gens qui ont un sourire bien large devant vous, et peut être (en même temps, comme dirait leur « penseur » attitré) un grand poignard quand vous êtes de dos !

Ce Monsieur était-il en mission pour le compte de son maître du Haut Château ? Est-ce que j'étais sur leur liste noire des types à recadrer, des repérés bon pour la rééducation à leur idéologie de participation citoyenne, idéologie qui consistait à se soumettre à la pensée, à la vérité suprême de l'Ordonnateur, une vision du monde aliénée, une vision dépourvue de toute dialectique, une vision plate, celle du bon sens des bien-pensants, celle du prêt-à-penser, celle des dominants en marche qui gouvernent par ordonnance comme Louis XIX et qui conduisent le peuple vers la précarité la plus crasse dans l'intérêt des saigneurs de la finance !

Si çà se trouve, j'étais en tête de liste de leur fichage ! Je prenais ce micro événement comme une alerte, j'allais assurer très sérieusement mes arrières, je connaissais ce qui se passait depuis des décennies à River City via des témoignages d'anciennes connaissances, et ne voulait pas me retrouver comme ces âmes errantes qui traversaient la ville avec des visages de zombis, bouffés par les médocs qu'on leur imposait à la Roche Gandon, après avoir été interné d'office par les soins du sinistre Monsieur Helmut Von Kurt, un proche de Monseigneur Wellwaxed, le maître du Haut-château et Ordonnateur du Consortium de la Participation Citoyenne.

La photographie, je l'avais pratiquée de manière intensive   jusque dans les années 2018. C'était devenu invivable, concours ramasse photo dans tous les coins, pratiques incessantes de crowdsourcing, visuels libres de droit des sociétés hors la loi abonnés aux paradis fiscaux. C'était une sorte d'anarchie hyper libérale où les amateurs dans l'auto-servitude occupaient les places des pros, une sorte de diktat du travail dissimulé couplé à une médiocrité iconographique généralisée, sans oublier les pratiques de contrefaçon à n'en plus finir avec les vols de nos travaux qui se retrouvaient sur Google image.

La plus belle contrefaçon, je l'avais eu dans ma boîte aux lettres, même pas besoin de me baisser, une brochure vantant les festivals de l'été, en couverture une photo de pieds nus hyper photoshopée, photo non signée, çà sentait la photo volée sur le net à plein nez ! En trois clics avec Google images j' étais retombé sur la photographie originale, une prise de vue très sympa d'une photographe amateur basé en Italie, une jeune femme qui organise des sorties pieds nus en moyenne montagne à la belle saison.

Malgré toutes les retouches réalisées par le studio graphique de l'imprimeur, il s'agissait bien de la même photo, le graphiste avait bossé un max pour dissimuler le vol. Donc une bonne contrefaçon sur une brochure (plus une affiche dans les commerces) éditée par la Baronnie Centrale. Personne n'allait se plaindre, l'auteur n' était pas au courant, ils se permettaient tout et nous emmerdaient, ils nous insultaient sans complexe !

Il y avait également une contrefaçon sur le site officiel de River City, à la rubrique Économie Participative Citoyenne, un copier-coller d'un visuel de microstock, le filigrane de la société sur la photo, un vol, une contrefaçon grossière et bête, une vignette en basse résolution volée sur une banque d'images libre de droit, une société qui casse les tarifs et piétine le Code de la propriété intellectuelle, boîte créée par des français avec un siège offshore à NewYork afin d'échapper aux charges à payer en France, joli monde ! La médiocrité iconographique couplée avec une boîte spécialisé dans le dumping anti auteur. Le code de la propriété intellectuelle existait toujours, les services de com, la presse, les institutions, les politiques, tout le monde s'en foutait comme de l'an 40, l'ère de la photo gratuite était bien installée, les pros étaient devenus des gens en trop, à dégager, à envoyer à la tombe !

Ce genre de dérive hyper libérale, dans le domaine de l'iconographie, dérive adossée à une mondialisation économique fonçant à toute allure et sans le moindre frein, était annonciatrice de dérégulations dévastatrices dans d'autres secteurs comme celui du social, des services publics, du salariat. Et c'est ce qui arriva à l'ère des carriéristes du STPS avec leur loi Kom, loi entraînant de nombreuses manifestations de salariés, précaires et retraités, manifestations durement réprimées par ces bourgeois au pouvoir.

Ils s'en prenaient même aux photographes free-lance qui montraient la réalité de la répression, ils les avaient fichés et les embarquaient dès qu'ils apparaissaient sur un site de manifestation, impossible pour eux de travailler, ils étaient bloqués pour contrôle d'identité, voir même tabasser pour certains quand la situation était insurrectionnelle. La vulgarité, la fourberie, la violence de ces bourges au pouvoir, était par là même dévoilée !

Leurs manigances avaient commencé à apparaître dès 1983, le plus libéral d'entre eux considérait qu'il fallait déréguler un max afin d' être désirable pour la finance (se faire mettre par la finance internationale), une sorte de social-libéralisme, où le social n'était plus qu'une étiquette pour faire peuple. Le début de la fin des haricots pour les plus faibles, dans leur système, on se met à contrôler de plus en plus durement les chômeurs (ceux qui subissent la mondialisation) et on s'incline devant les exigences hyper libérales de l'Europe, Europe à genoux devant les intérêts des multinationales.

Le maître dans cette discipline était Monsieur Scot, celui qui insulta les précaires en les traitant de « Bons a rien de planqués de feignasses ». C'est ce même Monsieur, qui, pour accéder au Palais (afin d'impressionner sa maîtresse d'opérette) n'hésita pas à faire dans la grandiloquence théâtrale durant sa campagne pour accéder au poste suprême, en se déguisant en grand combattant de la finance, la finance immorale qui s'assoit sur les lois des États-nations. Une semaine après il s'efforça de rassurer cette même finance internationale en faisant référence aux avancées libérales de son parti au pouvoir, allant même jusqu'à préciser qu'il n'y avait plus de communistes en France.

Un exercice de génuflexion devant les maîtres du Monde. La finance n'avait rien à craindre avec Monsieur Scot, elle était la bienvenue, les sociaux-traîtres, les carriéristes du STPG assumaient leur mauvaise conscience, tout en mentant au peuple via leurs communicants, vive les financiers et les paradis fiscaux !

Ils avaient même à la Haute Assemblée, afin de satisfaire le lobbying des multinationales, poussé la coupe jusqu'à bloquer un outil de contrôle des paradis fiscaux, un amendement demandant aux entreprises de rendre public, une fois par an, dans chaque pays où elles sont implantées, le montant de leur chiffre d'affaires, le nombre de leurs employés, les profits réalisés et les impôts payés. Blocage en catimini à 1h30 du matin par le Palais! De l'art ! À ce stade là, c'est plus que de la génuflexion, c'est de la prostitution ! Le moins pire d'entre eux s'était tiré de leur circus politicus en avouant dans son discours de départ qu ' il était dans une pose théâtrale durant son mandat au Palais.

Cette dégénérescence sociale trouva son aboutissement avec son successeur, approfondissement de la casse des droits des salariés (alors que les hyper libéraux de

15

Bruxelles n'en voyait pas la pertinence), suppression des emplois aidés, baisse des prélèvements sur les stocks options, renforcement du flicage des chômeurs, politique de l'autruche touchant aux paradis fiscaux.

La Canadienne Naomi Klein, au moment de la sortie de son livre « Dire non ne suffit plus » avait bien résumé la situation française dans une interview à Libération, elle avait bien compris que les politiques d'austérité, pratiqués dans de nombreux pays, austérité couplée à une mondialisation sans limites, nourrissait une montée en puissance des droites extrêmes et de la xénophobie, et elle constatait, que, malgré le score terrifiant de l'extrême droite à la Gouvernance suprême , la réponse du gagnant consistait à faire fausse route en s'attaquant au droit du travail, en réduisant les impôts pour les hypers riches et en poursuivant des politiques de libre-échange, le tout étant vendu aux médias comme relevant du progressisme.

J'étais devenu un journaliste, passage à l'écrit, assaisonné, sur demande du rédac chef, de quelques prises de vue, censées être moyennes (adaptation au goût moyen du lectorat) et destinées à une publication sur un papier de mauvaise qualité et mal imprimé. L'image étant là, non pas pour elle-même, pour faire sens à elle seule, mais comme décoration, comme illustration, comme commentaire, une sorte de vulgarité sémiotique, s'adapter à l'intelligence moyenne du lectorat. On nous appelait des JRI, journaliste reporter d'images. Pour le côté image, la formation par le journal consistait à suivre une formation de deux heures avec un type qui vous expliquait comment se servir d'un smartphone. Je n'utilisais jamais mon smartphone, uniquement mes deux boîtiers photo (la rédac ne fournissait rien, vous étiez censé avoir au moins un smartphone pas trop bas de gamme).

La photographie çà ne consiste pas à appuyer sur un bouton, çà consiste à maîtriser la technique (pour mieux l'oublier), le couple vitesse-ouverture, la profondeur de champ, l' hyperfocale, les flous artistiques..., çà consiste surtout à sentir la lumière, avoir le sens de la lumière, être dans l'être de la lumière, l'apprivoiser, entrer dans une symbiose phénoménologique, devenir son amant, l'embrasser, la pénétrer, s' embraser dans sa splendeur, se nourrir de sa force, caresser le réel avec sa complicité et le transcender, jouer avec les formes, les ombres, les contre-jours, les nuances du matin et du soir, se muer en être solaire, dévoiler la beauté lumineuse des visages des jeunes gens plein de vie... Allez donc faire çà avec un bousin de smartphone !

Eléo m'avait invité à dîner pour la soirée de Noël, elle habitait en plein centre ville dans un appart de 75 m2 qu'elle avait héritée de sa mère, un appart situé au dernier étage avec une vue panoramique sur River City, la place Blue Hour, la rivière, le pont du Nouveau Monde, pont que j'empruntais quasiment tous les jours, le jardin Lux, la tour de la CPC, avec dans le ciel une dizaine de drones qui surveillaient en permanence la circulation et la population.

Je la connaissais depuis longtemps, elle me devait la vie, je l'avais sauvée d'une noyade dans une rivière, l'été 1981, son plongeon s'était terminée sur le fonds du cours d'eau, mauvaise estimation de la profondeur, elle était à moitié KO, elle flottait inanimée, je l'avais récupérée en moins de dix secondes, massage cardiaque soutenu, bouche à bouche, re massage cardiaque, résurrection, nouvel être au monde, rencontre.

Depuis nous étions devenus de vrais amis, des potes inséparables. Elle était un peu givrée, elle partait régulièrement faire des expéditions aux quatre coins de la planète dans des endroits superbes, mais pas toujours fréquentables, avec des animaux en quête vitale de nourriture et des types pas vraiment bac plus 5 ; elle avait risqué sa vie à plusieurs reprises, ses reportages étaient diffusés par un magazine présent sur une vingtaine de pays, elle publiait également ses aventures chez un éditeur de bonne envergure, elle s'en sortait bien.

Elle aussi me sauvait à sa façon, de par sa force de vie, et via sa grande connaissance des plantes, celles qui guérissent, celles qui vous sortent du pétrin, celles que les médecins ne vous prescriront jamais. Médecine des temps anciens que les multinationales du médicament ne mettront jamais sur le marché, des gens en bonne santé avec les plantes magiques ce n'est pas assez juteux, des gens souffreteux à longueur d'année, c'est nettement plus mirobolant pour les actionnaires.

Elle pétait la forme, une hygiène de vie tip top, gym, course à pied, vélo, parties de frisbee. Elle m'avait prêté le livre des professeurs Even et Debré, le « Guide des 4 000 médicaments utiles, inutiles ou dangereux », un gros pavé de 900 pages aux éditions Cherche Midi, qui avait cartonné en 2012-2013, on pouvait y lire page 82 :

« Après 1990, le capitalisme d'entreprise et d'investissement des années anciennes a fait place à un nouveau **capitalisme financier et spéculatif**. Les actionnaires des firmes ont placé à leurs têtes de purs managers sans aucun lien aucun, ni expérience du monde de la santé, avec la mission d'assurer chaque année un minimum de 15% de bénéfices, par une politique de rentabilité à court terme, radicalement antinomique de la recherche de nouveaux médicaments... »

Elle m'avait également parlé de cette histoire de médoc diffusé par un fleuron de l'industrie pharmaceutique, une multinationale, leur médoc diffusé depuis une quinzaine d'années était la cause de plus de 10 000 victimes, des enfants atteint de malformations physiques et de retards intellectuels (autisme), le labo savait que le médoc était dangereux pour les femmes enceintes, mais comme les autorités sanitaires ne bougeaient pas, le labo avait continuer à le diffuser. Un massacre chez nombre de nouveau-nés suite à la prise du médoc par les femmes enceintes.

C'est d'ailleurs ce qui l'avait décidé à stopper son activité de médecin, d'autant plus qu'elle s'ennuyait ferme à son cabinet, prescrire des médicaments chimiques à propos desquels elle avait des doutes quant à leur efficacité la mettait dans une situation impossible. Elle se souvenait de sa grand-mère qui lui avait fait découvrir les plantes sauvages qui poussaient dans son potager en bordure des planches de légumes, elle avait la nostalgie de ses tisanes aux parfums si délicats qui réchauffait son corps.

Son corps, je le sentais bien, était celui d'une météorite, pas celle d'une planète endormie (comme l'écrivait Jack London à propos de sa vie), et çà, je le savais bien pour l'avoir ausculté à ma façon lors de nuits mouvementées, corps souple, élastique, longues jambes qui gentiment et fermement vous emprisonnent pour mieux frissonner... Elle aimait faire çà avec le remix très rythmé de Gigamesh du titre Dreams de Fleetwood Mac, certains soirs, imbibé par trop d'alcool j'avais du mal à la suivre, elle s'en amusait.

Était-elle vraiment humaine ? Ou est-ce moi qui ne l'étais pas ? Lui aurais-je transmis quelque chose de non-terrien lors du bouche à bouche lié à sa noyade ? Il n' y a pas si longtemps un rêve étrange sur ce sujet avait rempli une de mes nuits.

Sa puissance de vie était rayonnante, lors de ses courses à la Méga surface, beaucoup s'arrêtaient pour la mater des pieds à la tête, hommes et femmes, ils étaient sidérés. Même quand elle pratiquait son sport favori, le footing, elle gardait une certaine élégance tout en dégageant une force incroyable, sa chevelure ressemblait à une crinière de lionne, l'impression que la Terre tournait de par son énergie, une bombe atomique !

Le rédac chef m' a demandé d'interviewer le boss de la plus grosse boîte de la ville, une entreprise de production de fruits séchés, j'ai des consignes précises, ne pas aborder certains sujets, comme les frasques sexuelles du boss avec ses assistantes et les sources d'approvisionnement des matières premières. Ce boss est mentalement dans l'Ancien Monde et il considère que le droit de cuissage est un sport qu'il peu pratiqué impunément. À plus de quatre vingt balais sa santé n' est pas terrible par moments, mais çà tiens encore la route, avec le fric on peut se payer de bons spécialistes. Je pars donc sur un publi-reportage du genre « dynamique entreprise présente sur de nombreux marchés à l'étranger grâce au talent du patron qui est parti d'un simple commerce dans les années soixante », je sens que çà va être fangeux !

Il faut dire que ce boss est d'une certaine façon le proprio du journal puisqu'il achète une pleine page de pub tous les trimestres, à 30 000 euros la page, çà paye tous les frais du titre. Et il en reste, ce ne sont pas les CLP qui coûtent à la rédaction, d'autant que la plupart d'entre eux ont été remplacés par de l'intelligence artificielle, plus besoin de CLP pour les résultats sportifs, les faits divers et autres merveilles, il suffit de rentrer des données

de base sur l'événement et la machine produit un article et le mets en page, du tout cuit, vite fait et vide de sens ! Je vais donc servir de relais pour remercier le boss de cette boîte pour sa largesse publicitaire, pour son intérêt pour le journal, journal qui n'a que très légèrement parlé de son histoire de fesses suite à une plainte de sa chargée de com, et qui a pris, mine de rien, parti pour lui, et journal qui ne parlera jamais de ses pratiques d'évasion fiscale, d'ailleurs, il planque dans un paradis fiscal basé en Europe, et comme les tenanciers de l'Europe considèrent qu'il n'y a pas de paradis fiscal en Europe, l'affaire est torchée, un commissaire européen du parti des STPG avait sans complexe déclaré fin 2017 :
« Il n'y a pas le moindre paradis fiscal au sein de l'Union, nous combattons fermement toutes les dérives, nous maintenons la pression, nous contrôlons la situation.»
Et à Paris il n'y a pas de Tour Eiffel ! Çà dois être çà ! Qui avait mis ces gugusses à de tels postes ? Tout le monde savait que de grosses boîtes planquaient des fortunes à Bruxelles.

Le boss me reçoit dans son bureau, après m'avoir fait poireauté trente minutes avec sa jeune assistante, elle a une jupe courte, un décolleté plus que provocateur, un visage maquillé qui reflète l'intelligence d'une carpe, elle fait pute. Le boss est visiblement usé, à un ton paternaliste bien naze, il a construit son empire à la force du poignet, il a fait fortune, et maintenant, il emmerde tout le monde, les cadres de la boîte ne le supporte plus et souhaite sa mort, plus il avance en âge plus il a tendance à casser son outil de production. Il est possible, m'avait confié un de ses lieutenants, qu'il aille jusqu'à faire en sorte de couler son entreprise quand il sentira ses derniers jours, 500 chômeurs en plus sur le marché du chômage de masse ! Un cadre qui lui demandait la permission de prendre une semaine de vacances, avec lui c'était non, en avance d'une certaine façon (tout en restant bloqué au XIXe, avant la révolution sociale) sur les lois KomKron des années 2016-2018, lois des STPG et des néo libéraux soit disant ni à droite ni à gauche, tout en étant du côté des hypers riches (tous abonnés aux paradis fiscaux) et tout en écrasant les précaires via la suppression des emplois aidés, la hausse de la csg , le flicage intensif des chômeurs et autres joyeusetés pas piqué des hannetons, lois votées en catimini à la Haute Assemblée, à deux heures du matin par les « représentants » du peuple.

Questions habituelles de manière à faire mousser et mettre en avant ses formidables boîtes de fruits secs (soit disant bio, éco-responsable et compagnie), fruits provenant d'un pays du sud-est de l'Europe où les paysans survivent comme au Moyen-âge (mais çà, c'est tabou, on n'en parle pas, le business s'est mondialisé depuis belle lurette et tout est permis). Il me parle de sa nouvelle gamme de produits, des fruits exotiques (Provenant d' un pays africain où il n'y a aucune réglementation sur les pesticides et où des mômes de 10 ans bossent 10 h par jour pour quelques pièces. Une donnée a ne surtout pas divulguée), fruits séchés et emballés sous vide, qu'il exporte jusqu' en Australie, je prends des notes, j'ai ce qu'il me faut, son assistante me file une clé USB avec des visuels pour l'article, du tout cuit ou presque, je ne me donne même pas la peine de faire le portrait du boss, un visuel de boîte de fruits à la place, çà fera amplement l'affaire, quitte à nager dans le publi-reportage autant y aller jusqu'à montrer le produit !

Les 120 000 balles annuel sont sauvés, le rédac chef et propriétaire du journal va respirer, va t' il m' augmenter ? Ben non ! Comme à chaque fois, soit-disant il est plombé par les charges, en fait de charges c'est plutôt les ventes de son canard qui sont en baisse, le lectorat est âgé et ne se renouvelle pas, les jeunes n'achètent pas son journal, ils ne vont même pas sur l'équivalent web.

Un jour, alors qu'il était sérieusement chargé en pastis dans un rade de fin du monde en bordure de la quatre voies, il m'avait avoué que les ventes étaient meilleures quant mes papiers étaient un peu acidulé concernant les prises de position des barons locaux, mais il m'avait averti qu'il fallait que je n'aille pas trop loin :

« On n'est pas le journal Le Monde, encore moins le Canard Enchainé ! »

Ben ouais, çà je l'avais remarqué ! Difficile équilibre à trouver, le cul assis entre deux chaises c'est plus du journalisme, c'est du cirage de bottes des pouvoirs en place, et le pouvoir bien souvent prend des libertés qui méritent d'être exposées en pleine lumière, les pratiques de type népotisme par exemple. Dévoiler les subterfuges du réel, avoir une approche philosophique, celle des Lumières, c'est du journalisme de bonne qualité. Se contenter de relayer les discours des autorités en place c'est servir de larbin à des gens qui ont du pouvoir, je ne mange pas de ce pain là ! L'auto-censure dans le journalisme est très importante, d'emblée on évite certains sujets , et on évite d'aborder certaine angles dans certains sujets ; La France pays de la liberté d'expression : grosse foutaise ! Seuls les lanceurs d'alertes, les blogueurs, sont dans la liberté d'expression, et parfois il le payent très cher, la nomenklatura hyper libérale (et ses porteurs d'eau) ne supporte pas qu'on la critique, au besoin elle met l'appareil répressif en marche pour vous briser, vous précariser, vous envoyer au ruisseau, à la rue, voire même elle essaiera de vous zombifier en vous internant à la Roche Gandon.

C'est dans ces eaux peuplées de requins, de fourbes, de m'as-tu-vu et de manipulateurs, qu'il faut savoir nager quant on pratique le journalisme, les plages de sable fin dans des géographies paradisiaques avec une mer calme et transparente où se baignent des déesses nues et sensuelles sont plutôt rares, on a plus de chances dans le coin de se faire bouffer par les crocodiles des zones marécageuses que de se faire harceler par des naïades à la peau bronzée. On est plutôt bloqué dans les eaux froides des calculs plus qu'intéressés, dans la fange, dans les fourberies, dans la novlangue, dans la com manipulatrice, celle qui cherche à modéliser l'esprit des gens, citoyens devenus de simples récepteurs et consommateurs bien disciplinés et bien préoccupés par leurs soucis de tous les jours, comme la facture imbuvable de la multinationale de la flotte.

Mon article était torché, le rédac chef était ok, il me précisa que le service com de Mr Kroll lui avait passé un coup de fil, le boss s' inquiétait quant au contenu de mon papier, mon look de non cadre non cravaté n'était pas à sa convenance, il avait pressenti que je pouvais l'égratigné un tant soit peu sur les entournures, psychologue et physionomiste le monsieur !

Je rentrais chez moi dans le but de prendre une bonne douche afin de m'assainir de ces eaux glauques, de ce bouillon de culture nauséabond. Une fois de plus je traversais le pont du Nouveau Monde. Dans un sens, le pont conduisait à la vie aliénée, celle du travail subi, des publi-reportages, le faux monde, les marécages ; dans l'autre, s'ouvrait la porte sur le dokos, l'Autre Monde, le monde d' Eléo, la beauté, la vraie vie, les couleurs, les sensations, l'ivresse, la connaissance, le merveilleux, le temps aboli, la splendeur, les météores, les aventures, les rêves, l'imaginaire, la création, les anges gardiens...
Le froid polaire était de nouveau là, il devait faire

autour de zéro degré, je m'en foutais, mon rhume s'était évanoui, dans la tête la reprise géniale de Walk on the walk side de Lou Reed par Alice Phoebe Lou. Alice, je l'avais découverte par hasard sur YouTube en surfant d'un titre à l'autre, elle me faisait penser à Eléo, le même désir de vivre intensément, bien à fond, loin des tourments de la fausse vie.

J'habitais une petite maison dans la rue Deborah T, une rue adjacente à celle de Miss Nelly, à peine 50 m2, une cuisine qui me servait également de bureau, une chambre et une salle de bains. Il y avait des livres partout, je n'avais plus de place. Tous mes auteurs préférés étaient là : Marcuse, Vaneigem, Debray, Onfray, Nietzsche, Bourdieu, Cynthia Fleury, Balzac, Flaubert, Modiano, Paasilinna, Boris Vian, Ambrose Bierce, Philip K. Dick, Cordwainer Smith, Alfred Jarry, Jacques Sternberg, Jack London, Viviane Forrester (L'horreur économique et La dictature du profit), Thoreau, Markale, Chateaubriand, Kundera...

Concernant Kundera, c' était vers la fin des années soixante-dix, curieusement, un étudiant post marxiste-léniniste, m' avait entraîné à la fac voisine de la nôtre, celle où il y avait plein de jolies filles, Kundera y donnait un cours sur Kafka dans une petite salle, il y avait à peine une quinzaine d' étudiantes, il donnait son cours debout et se déplaçait d'un endroit à l'autre de la pièce, il parlait de Kafka, l'art du roman, c'était passionnant, on comprenait tout, nous étions dans un espace intime, dans une sorte de bulle, celle de la littérature, la vraie !

Après lecture, je donnais mes nouveaux livres à Eléo,

j'avais là un bon prétexte pour passer la voir à l'improviste, elle ne manquait pas de place et aimait elle aussi la compagnie des bons auteurs. Elle avait plein de bouquins de médecine, médecine classique et médecines parallèles, et plein de bouquins sur une multitude de pays à travers le monde, sans oublier les publications de ses confrères aventuriers.

Ma maison était ancienne, comme celles des voisins, un projet du Haut-Château prévoyait de tout faire sauter pour faire place à un immeuble avec des loyers bien costauds, le genre accessible uniquement aux cadres. Ayant eu vent de ce projet, via une taupe au sein du Haut-Château, nous avions créé un collectif pour le maintien de nos propriétés en l'état, le maître du Haut-Château avait mis en pause-arrêt son fabuleux programme de super immeuble bien aux normes et super écolo. Pour combien de temps ?

Souvent un drone du Consortium de la Participation Citoyenne survolait notre îlot d'immeubles, il restait en stationnaire durant un moment puis s'en allait un peu plus loin, nous nous doutions qu'il surveillait, qu'il filmait, l'envie de le dégommer nous venait à chaque fois, il fallait que nous le fassions de manière discrète, que çà fasse incident technique, le récupérer pour le désosser et voir ce qu'il récupère comme données, Jack était un geek et il pouvait s' en charger. Sans doute, ces données permettaient-elles au baron du Haut-Château de ficher nos habitudes, nos entrées et sorties, les visites de nos amis, quoi d'autre ?

Nous savions que ces bestioles volantes étaient en

mesure de déterminer le profil des passants, deviner leur âge, leur sexe, et plusieurs caractéristiques corporelles, reconnaître les différentes marques et modèles des voitures, les coordonnées des conducteurs, analyser la foule et alerter en cas de formation d'un attroupement, mémoriser les visages et de les reconnaître ensuite. Ces drones étaient t' ils en plus suffisamment sophistiqués pour aller jusqu'à violer les conversations avec nos visiteurs ? C'est la question que nous nous posions.

L'ingénierie technique pour gérer tout ce bordel volant demandais beaucoup de place et de nombreux agents (payés un demi SMIC par mois, des chômeurs transformés en travailleurs pauvres) pour faire ressortir les données pertinentes par rapport aux personnes sur la liste noire. Le Haut-Château était devenu trop limité en espace, c'est la raison pour laquelle Monseigneur GH Wellwaxed, grand Ordonnateur de la ville, avait décidé de faire construire une tour, de manière à bien dominer son territoire, et à renforcer la surveillance avec des caméras installés tout autour de la partie supérieure. Caméras dotées d'un logiciel d'intelligence artificielle et de puissants zooms, des 800-1600 mm, pouvant épier les gens du centre-ville jusque dans leurs appartements. Cette tour était bien visible quand j'étais chez Eléo, elle était juste en face de sa terrasse, à environ 500 m, je lui avais conseillé d'installer des rideaux.

Le financement de la tour s'était fait avec une augmentation importante des taxes, augmentation légitimée sur le thème de la sécurité à offrir aux citoyens, tu parles d'un cadeau ! Les citoyens trop occupés par « le travail physique épuisant, le souci de la maison et des enfants, les querelles mesquines entre les voisins, les films, le football, la bière et surtout, le jeu » (comme l'écrivait si bien Orwell en 1949, dans son œuvre prémonitoire « 1984 ») avaient râlé un moment, puis, comme d'habitude, de peur d'être listé, tout était rentré dans l'ordre.

Mine de rien, de décennie en décennie nous étions entrés progressivement dans une sorte de totalitarisme territorial, la citoyenneté avait bon dos, cela faisait longtemps que ce n'était plus qu'un concept vide de sens. Souriez citoyens, on vous protège ! Wellwaxed est votre ami, vous êtes gérés, papa Wellwaxed vous protège !

Le Monsieur Wellwaxed n'avait plus besoin d'envoyer ses émissaires, Mr Takeman et Mr Crunch entre autres, pour épier les intentions des indésirables, des décalés, des non-conformes, des dissidents. Tout était automatisé dans sa tour, au mieux il disposait de quelques agents pour des interventions de manipulation psychologiques, destinées à faire peur aux dissidents, Monsieur Helmut Von Kurt, son bras droit, était à la tête de ce dispositif d'agents très spéciaux.

La tour portait le nom de Consortium de la Participation Citoyenne, la CPC. Elle était surnommée la tour Big Brother ou encore la tour du Cabinet Noir. La première appellation était due aux caméras de surveillance et la deuxième provenait d'une histoire d'offre d'emploi bidonnée. Le grand Ordonnateur suprême, Sa Sainteté LW Round, avait fait en sorte que sa fifille qui cherchait du taf soit embauchée à River City, une sorte d'examen à passer, comme c'était le grand Ordonnateur qui corrigeait les copies, c'était plié d'avance. Manque de pot, l'entourloupe avait fuitée, une salariée de la ville qui bossait à l'office culturel de la protection plastifiée des documents, salariée bien installée et syndiquée, proche de la retraite, et donc qui n'avait plus rien à craindre, avait alertée les autres candidats au poste et la presse locale.

Ayant reçu son alerte sur cette pratique népotiste bien marquée, grosse comme un semi-remorque (la fifille avait effectivement été embauchée par son father), j'avais proposé au rédac chef de faire une enquête, il m'avait précisé que son journal ne réalisais pas d'enquêtes sur les Ordonnateurs, mais se contentait de reprendre leurs communiqués, en évitant de rajouter des commentaires, et en censurant les critiques. Je lui avais fait remarqué que c'était un fait divers de première bourre, que les ventes de sa feuille pouvait s'envoler, et que çà pouvait bouillonner sur plusieurs éditions, atteindre une température volcanique, provoquer un tsunami historique. Non ! Pas possible ! Au mieux, il pouvait faire suivre discrètement ce genre d'info à un collègue dans un hebdo national, mais sans doute, sans suite à avoir, ce genre de pratique était tellement banalisée, de plus ça se passait dans une ville inconnue au niveau national, une sorte de no man' s land.

La plupart des Français ne savait même pas dans quelle province se situait River City, il faut dire que l'image de marque de cette ville baignait dans une certaine culture de la médiocrité, celle des photos amateuristes du bénévoland illimitum. De plus, avec des slogans relevant de la réclame des années 50 : « Viendez mettre votre entreprise à River City », « Les familles se sentent bien à River City », « A River City papa Wellwaxed vous protège ! », « Souriez ! Vous êtes filmé et c'est gratuit ! » , « Devenez les Ambassadeurs de River City ! » , « River City, son calme, sa verdure et ses jolis drones ! »

Nous étions à l'ère d'une médiocratie bien affirmée, Wellwaxed avait même poussé le bouchon, lors d'une élection, jusqu'à se montrer sur des affichages publicitaires 4X3 avec son look de notaire des années 20, il aurait mis une citrouille à la place de sa plastique qu'il aurait été réélu, il n'y avait jamais eu d'opposition en face en mesure de bouler ces messieurs. D'ailleurs, le peu de personnes qui y songeaient étaient surveillés et fichés. Seedy Miss, payée par Wellwaxed, s'occupait de la surveillance électoraliste, elle se pointait dans la brasserie pour écouter les conversations des dissidents tout en buvant son thé, elle repassait en voiture devant vous pour mieux mater vos interlocuteurs et autres citoyennetées de derrière les fagots.

A cette époque de la tour du CPC, dans les usines et les administrations, les salariés avaient été remplacés pour la plupart par des robots et des algorithmes, idem à la Méga surface : plus de caissières pour les clients et plus de personnel pour alimenter les rayons. L'hôpital public était devenu une entreprise à part entière, l'ex établissement public était géré par des cadres formés aux techniques managériales, ils parlaient en termes de parts de marché, de logique d'entreprise, de clients, d'attractivité, de rentabilité. Seules les personnes ayant les moyens de payer des mutuelles pouvaient y séjourner et se faire soigner correctement.

Ceux qui tenaient les rênes de la ville depuis des décennies étaient toujours là, ils vivaient confortablement et grassement dans des maisons équipées de piscines et de saunas ; de manière prioritaire, ils avaient accès aux meilleurs médecins, dentistes et ophtalmologues, et ce, rapidement ; pour le sous-peuple, il fallait plus d'un an pour un rendez-vous avec un spécialiste des yeux. Profitant de la passivité des habitants, tous plus précaires les uns que les autres, et grugés par leur idéologie pseudo-citoyenne, ils avaient créés au fil des ans toute une série de taxes, y compris une taxe sur les morts. Adhéré aux valeurs citoyennes de leur Consortium permettait d'avoir un logement social et autres petits avantages permettant la survie. Ceux qui n' adhéraient pas à leur idéologie, celle de leur CPC, étaient blacklistés, boycottés professionnellement, surveillés constamment dans la rue par leurs drones citoyens, enfermés d'office en psychiatrie quand ils devenaient trop incontrôlables...

Cela ne pouvait plus durer...

A suivre...

Nouvelle à paraître :

Le corbeau de River City

Naomi Klein, Dire non, et après ? Contre la stratégie du choc de Trump, Arles, France, Actes Sud, 2017.

George Orwell, 1984, Folio.

La médiocratie, Alain Deneaut, Lux, 2015.

Toute ressemblance avec des faits et des personnages actuels ou ayant existé ne peut être que purement fortuite et ne peut être que le fruit d'une pure coïncidence.

Edition : BoD - Books on Demand
12/14 rond-point des Champs Elysées, 75008 Paris
Imprimé par Books on Demand GmbH, Norderstedt, Allemagne
ISBN : 9782322082520
Dépôt légal : janvier 2018